Copyright © 2011 Giramundo Teatro de Bonecos
Copyright © 2011 Autêntica Editora

Edição geral
Sonia Junqueira

Pesquisa
Neide Freitas

Projeto gráfico
Diogo Droschi

Revisão
Ana Carolina Lins
Lira Córdova

AUTÊNTICA EDITORA LTDA.
Editora responsável
Rejane Dias

Rua Aimorés, 981, 8º andar . Funcionários
30140-071 . Belo Horizonte . MG
Tel.: (55 31) 3222 6819

Av. Paulista, 2073 . Conjunto Nacional
Horsa I . Conj. 1101 . Cerqueira César
01311-940 . São Paulo . SP
Tel.: (55 11) 3034 4468

Televendas: 0800 283 13 22
www.autenticaeditora.com.br

Todos os direitos reservados pela Autêntica Editora.
Nenhuma parte desta publicação poderá ser reproduzida,
seja por meios mecânicos, eletrônicos, seja via cópia
xerográfica, sem a autorização prévia da Editora.

GRUPO GIRAMUNDO

Direção geral
Beatriz Apocalypse

Criação, desenho e projetos dos bonecos
Beatriz Apocalypse

Cenografia
Marcos Malafaia

Modelagem dos bonecos
Sandra Bianchi

Pintura dos bonecos
Beatriz Apocalypse

Fotografia, iluminação e composição
Ulisses Tavares

Produção
Carluccia Carrazza e Ricardo Malafaia

Gestão de projeto
Gláucia Gomes

Making-of
Ricardo da Mata e Beatriz Apocalypse

www.giramundo.org

Dados Internacionais de Catalogação na Publicação (CIP)
(Câmara Brasileira do Livro, SP, Brasil)

Junqueira, Sonia
  A mula sem cabeça / um reconto do Giramundo Teatro de Bonecos ; baseado em conto popular brasileiro ; texto Sonia Junqueira ; criação, desenho e projeto dos bonecos Beatriz Apocalypse. – Belo Horizonte : Autêntica Editora, 2011. – (Coleção Giramundo Reconta ; 3)

  ISBN 978-85-7526-572-7

  1. Teatro - Literatura infantojuvenil I. Giramundo Teatro de Bonecos II. Apocalypse, Beatriz III. Título. IV. Série.

11-09481   CDD-028.5

Índices para catálogo sistemático:
1. Teatro : Literatura infantil   028.5
2. Teatro : Literatura infantojuvenil   028.5

giramundo
RECONTA

A mula sem cabeça

Texto: Sonia Junqueira
Reconto livre do conto popular
brasileiro de mesmo nome

autêntica

— Me apresento: Zé do Conto,
ao seu inteiro dispor.
Vivo andando pelo mundo,
tempo adiante, tempo atrás,
no sonho e no verdadeiro,
dia e noite vendo, ouvindo,
proseando e aprendendo...
Vi que tudo vai mudando,
os fatos acontecendo,
mas uma coisa não muda:
sempre tem gente contando!
E eu também, no Giramundo,
venho contar pra vocês!

Então foi que era uma vez...

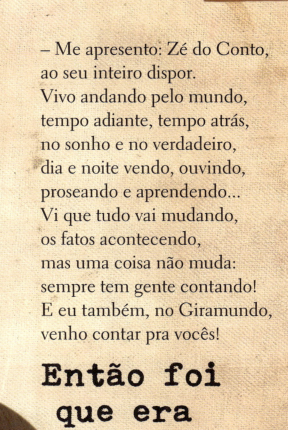

Foi no meio de umas andanças pelo mundo que um rapaz chegou, certa vez, num povoado lá pros lados do Jequitinhonha. Era de tardinha, e ele resolveu assim, do nada:
— Vou ficar uns tempos por aqui...
Não sabia o que, mas algo ali o atraía. Era um interesse... uma inclinação... um sentimento...

Encontrou uma
pensão, tomou um quarto,
tratou do cavalo e foi dormir,
cansado da viagem.

[7]

Dia seguinte, cedinho, já estava de pé. Café com broa de milho, uma talhada de queijo, um cigarrinho de palha – e estava pronto pra conhecer o povoado.

    Que era bem pequeno. Uma igrejinha rodeada por uma dezena de casas; o cemitério na colina, logo atrás; uma venda, a pensão, a oficina do ferreiro, uma pracinha... e a estrada que ia dar no resto do mundo já recomeçava.

Andou por aqui, por ali, conversou com um, com outro, comprou fumo na venda... e, na hora do almoço, já estava amigo de todos, ansiosos por notícias do vasto mundo lá fora. Ele, curioso não sabia bem do que, aceitou o convite pra roda da fogueira, à noite, na pracinha. Um hábito do lugar: se reuniam, se assuntavam, contavam casos, piadas, assavam uma linguicinha, tomavam umas e outras, pitavam seus cigarrinhos e iam dormir.

Antes das sete da noite, a roda de homens já estava formada de um lado da praça; do outro, a das mulheres, que aproveitavam pra tecer, ou remendar, ou bordar durante a conversa. A criançada corria pra todos os lados, pulava, se divertia.

O viajante se apresentou: Antônio Zacarias, Tonho para os amigos. Era novo, 25 anos, e andava pelo mundo pra conhecer, antes de se assentar num lugar. Um servicinho aqui, outro ali lhe davam o de-comer; dormia onde desse e não carecia de mais pra viver. Chegara ali por acaso e resolvera ficar uns tempos. O lugar o atraía.

Logo, a prosa rolava

solta, temperada pela linguiça e pela branquinha de primeira. E eram casos, risadas, cochichos, mais risadas – e tome outro copinho, e mais um naco, e um pito de palha, esse, dos bons...

Começavam a se preparar pra ir dormir, quando...

– RIIINNNNNCHHHHHHHHHHH!... – um relincho assustador, seguido de bufadas e soluços, e o som de um galope de patas de ferro batendo nas pedras tomou conta da noite.

— É ELA! – gritou um.
— E pelo som, está braba! – berrou outro.
— Corre, gente, pra dentro!
Dispararam todos pras suas casas, e em um segundo a praça estava vazia: apenas umas poucas brasas na fogueira contavam que há pouco havia gente ali.
Sem entender nada do que acontecia, Tonho também correu pra pensão, junto com a dona e mais um hóspede recém-chegado.

Já dentro de casa,

Tonho e o novo hóspede, Chico Batista, puderam tomar fôlego e descansar do susto.

Foram todos pra cozinha, onde o dono da pensão tinha ficado ouvindo rádio, em vez de ir pra roda de conversa.

Em volta da mesa, tomando café com queijo, os visitantes ficaram sabendo, enfim, quem era ELA...

Lá fora, nenhum barulho, só o uivo arrepiado de um estranho vento.

– É a mula sem cabeça.
– disse a dona da pensão.
 – Que galopa pelas matas e pelos campos, assustando pessoas e animais. – completou o marido.
 – E tem mais: solta fogo pelas ventas e, se vê as unhas e os dentes dos passantes, ataca até matar...
 Chico Batista, intrigado, quis saber:
 – Mas como é que pode ver e soltar fogo pelas ventas se não tem cabeça?!
 – E de onde surgiu essa criatura? – perguntou Tonho.

[19]

– Dizem que moça que namora padre vira mula sem cabeça, como castigo. Nas noites de quinta pra sexta-feira, sai galopando e assombrando tudo nos povoados onde a igreja é rodeada de casas, como a nossa. Nessa noite, percorre sete povoados. Costuma aparecer pra quem passa diante de uma cruz à meia-noite. Existem muitas histórias sobre ela: que quebra os

vidros das casas e das igrejas, que relincha e chora como ser humano, que solta fogo pelas ventas... Dizem também que, pra não ser atacada por ela, a pessoa, quando a encontra, deve se deitar de bruços no chão, fechar os olhos e a boca e esconder as mãos, pois ela tem mania de chupar unhas e dentes e não suporta ver os olhos de ninguém. E quando chegar em casa, a pessoa não deve acender as luzes, melhor esperar pela luz do dia...

— **No meio disso** tudo deve ter muita invenção, né?

— É, deve... Mas muita coisa deve ser verdade.

— E o que mais? – quis saber Tonho, fascinado pela história. – Vocês conheceram alguma moça que virou mula sem cabeça? Como era ela, bonita? Nunca mais virou mulher novamente?

— Essa mula que passou hoje parece que era uma moça do povoado vizinho, uma ruivinha muito da bonitinha. – contou o dono da pensão.

— Pra ela desencantar – continuou a mulher –, alguém tem de ter coragem de montar nela e arrancar o freio de ferro que tem na boca. Outros falam que é só espetar nela uma agulha até sangrar. Aí, a moça aparece, nuinha em pelo, chorando, arrependida. E enquanto o seu salvador estiver por perto, não vira mula novamente...

Naquela noite, Tonho

quase não dormiu, imaginando. Que história mais doida! E as moças que viravam mulas sem cabeça, como será que se sentiam? Será que esqueciam quem eram? E as mulas? Sofriam muito? Sentiam dor? Medo? Solidão? Será que se desesperavam, pensando que nunca mais iam se libertar do encantamento?! Será por isso que soluçavam tanto durante o galope pelos povoados?

Ah, bem que eu gostaria de ver uma! – pensou o rapaz. Acho que não ia ficar com medo, não... Tenho é pena dessas coitadas...

Tonho passou a
semana ansiando pela quinta-feira, pela roda de conversa: quem sabe ela voltava?

E a quinta-feira chegou, com sua noite enluarada.

A conversa ia animada quando, perto das dez horas, ouviram o relincho e o galope. Como da outra vez, correram todos, mas Tonho, num impulso, resolveu se esconder atrás de uma árvore e esperar.

E viu.

[25]

Negra, imensa, magnífica.

O pelo brilhava sob a luz da Lua e dos reflexos do fogo intenso que lhe saía das ventas. Chegou ao centro da pracinha, os cascos de ferro tirando faíscas do chão. Empinou, soltou um longo e soluçante relincho e partiu. Um pouco antes de chegar à estrada que levava

a outro povoado, deu
uma paradinha e virou
ligeiramente o corpo na direção
da árvore que escondia Tonho.
O rapaz gelou: "Ela vem me pegar!". Mas a mula
resfolegou, bateu três vezes a pata no chão e se
foi, o fogo das ventas tremulando na escuridão.
   Dessa noite em diante, Tonho não
conseguia pensar em outra coisa que
não fosse a mula sem cabeça. Parecia,
ele também, encantado. Ficava longos
períodos em silêncio, distraído, sem prestar
atenção ao que acontecia em volta. Em outros
momentos, se animava e procurava conversar com
quem pudesse sobre a mula: casos acontecidos, quantas
pessoas ela matara, quantas vezes por mês aparecia,
onde aconteciam suas aparições, se o único jeito de
pegá-la era montando, se havia, antes da quinta-feira,
algum sinal de que ia aparecer...
   Munido de todas as informações, o rapaz decidiu:
   – Vou pegar aquela mula!

Acharam que tinha

enlouquecido. E todos o aconselharam a desistir: que era perigoso, que ele podia morrer, que isso, que aquilo – mas Tonho estava decidido mesmo.

– Não, ela não vai me matar: eu é que vou pegá-la, vocês vão ver.

E começou os preparativos, enquanto esperava nova aparição da mula.

Passou-se uma quinta-feira, e outra, e outra... e nada. Nem sinal da mula sem cabeça. Nem por isso Tonho desanimou: todas as quintas, à tardinha, subia no único sobrado que havia no povoado, bem perto do cemitério, e se punha a esperar, na janela, a passagem da criatura.

Finalmente, mais uma quinta-feira chegou, e Tonho sentiu no ar: "É hoje!". Passou o dia ansioso e logo que anoiteceu tomou seu lugar na janela do sobrado.

Tinha preparado tudo: uma longa corda com um laço forte, que jogaria no caminho da mula assim que ela apontasse na curva do cemitério; aí, quando passasse...

Quando ela passou

bufando e relinchando e pisou na coroa do laço, Tonho puxou a corda com toda a força, e uma das patas da mula ficou presa.

Ela lutou, ah, se lutou! Contorcia o corpo, empinava, cabeceava com a cabeça que não tinha, urrava e soluçava. Mas Tonho, firme, tinha amarrado a outra ponta da corda do outro lado do quarto, debaixo de móveis pesados. Tinha fechado a janela, prendendo ainda mais a corda. Suava, ofegava, seus braços doíam do esforço – mas estava feito.

– Amanhã de manhã eu solto ela.

E foi dormir. Passou o mais longe que pôde da mula, que continuava se debatendo. Ia com as mãos nos bolsos, os lábios apertados e os olhos fechados. Melhor não arriscar.

Da porta da pensão, ainda pôde ver, lá pras bandas do cemitério, o clarão do fogaréu e a fumaça se espalhando pelo céu estrelado. Era meia-noite.

O galo cantou antes
das cinco da manhã. O povoado inteiro já estava de pé. Tinham ouvido os relinchos da mula, seus urros desesperados, o barulho dos cascos batendo no chão e souberam: o rapaz tinha conseguido pegar a criatura.

Tonho, por sua vez, não dormira, esperando o clarão do dia pra libertar a mula sem cabeça.

Foi o que fez. Correu pro cemitério, seguido de homens, mulheres, crianças, todo o povoado. Chegando perto do sobrado...

Foi um deslumbramento!

A moça era linda, ruiva, e se encolhia chorosa, humilhada. Estava nua e tinha uma das pernas presa pelo laço de Tonho.

Algumas mulheres, com pena, jogaram xales com os quais ela se cobriu. Mas ninguém tinha coragem de se aproximar: vai que, de repente...

Tonho não teve medo. Devagarinho, chegou perto da moça, soltou o laço que a prendia e levou-a pela mão para a pensão. Ia dar-lhe o que comer, oferecer um banho, arrumar roupas... Quem sabe, então, as mulheres perderiam o medo e se ocupariam dela?

Assim foi. De tardinha, foram todos para a praça escutar a história que a moça começava a contar. Sua própria história.

Tonho, ali perto, ouvia, encantado.

E eu, que estava lá, posso afirmar: do jeito que os dois se olhavam, ia dar namoro... Ia, sim. Ah, se ia!

Essa história

teve assim o seu fim-firinfinfim.
Posso seguir meu caminho:
novamente, pé na estrada
pra enxergar e assuntar,
pra viver e escutar
casos e contos sem fim...
e voltar para contar! Inté!

Giramundo:
bonecos em movimento

O grupo Giramundo – Teatro de Bonecos foi criado por Álvaro Apocalypse, sua esposa Tereza Veloso e Maria do Carmo Vivacqua no início dos anos 1970, em Belo Horizonte, Minas Gerais. Movido pelo desejo de criar filmes de animação, mas diante dos altos custos e restrições técnicas do desenho animado da época, Álvaro Apocalypse decidiu realizar seu sonho através da animação em tempo real, em forma de teatro de bonecos – que assumiu, a princípio, a função de divertimento familiar de final de semana. A primeira montagem, *A Bela Adormecida*, foi produzida em fundo de quintal e apresentada ao público, em teatro, em 1971.

Público e crítica foram atraídos pelos bonecos bem-construídos, pelo bom gosto do texto, pela qualidade das trilhas sonoras e pela coragem das propostas cênicas daquele grupo de artistas e professores universitários da Escola de Belas Artes da UFMG. O grupo decidiu, então, partir em busca de conhecimento sobre o teatro de bonecos. Destino: França – Charleville-Mézières, cidade-sede do maior festival mundial de teatro de bonecos e importante centro de referência sobre o teatro de formas animadas. A viagem, em meados dos anos 1970, causou grande impacto no grupo. O contato com novas técnicas de manipulação e construção, a dimensão das montagens e das companhias e o uso do boneco no teatro adulto transformariam definitivamente o Giramundo.

Os temas populares e brasileiros, base do desenho e da pintura de Álvaro Apocalypse, assumiram espaço cada vez maior nas montagens do grupo, fazendo dos espetáculos verdadeiras representações animadas dos quadros de seu criador e diretor artístico. Durante três décadas à frente do Giramundo, Álvaro Apocalypse construiu a mais impressionante obra do teatro de bonecos brasileiro, dirigindo vinte montagens e criando mais de mil bonecos. Sua atuação e sua força pessoal contribuíram para a formação de seguidas gerações de marionetistas, impulsionando o teatro de bonecos brasileiro em direção ao experimentalismo e à profundidade temática. Seu método de trabalho, baseado no desenho como principal elemento de planejamento, e suas descobertas mecânicas tornaram-se parâmetros marcantes, adotados amplamente por muitos marionetistas e companhias de teatro de animação.

A partir dos anos 2000, o Giramundo abandonou progressivamente a concepção de grupo de teatro convencional e assumiu uma forma composta, de caráter público, como centro de pesquisas sobre o boneco em suas variadas manifestações. Nesse período, foram criados o Museu, o Teatro, a Escola e o Estúdio Giramundo, dedicados à memória, ao entretenimento, à educação, à pesquisa de novas tecnologias e ao desenvolvimento de produtos, com destaque para livros, vídeos e brinquedos. A constante transformação do grupo, ao longo dessa trajetória de adaptação e mutação, criou a história de um grupo singular e imprevisível.

"Muito prazer, meu nome é Giramundo, sobrenome, Movimento."

Marcos Malafaia

FOTO: MARCOS MALAFAIA. ESPETÁCULO: PEDRO E O LOBO.